어둠 속의 전진

어둠 속의 전진

시인의 말

삶의 흔적을 표현하고
사상과 정서를 반영하는 것이
시문학이다

시를 쓰는 과정은
좌절과 무기력의 시간에도
앞으로 나아가게 하는 계기가 된다

어슴푸레한 어둠속에서 살아가는
시인으로서의 삶도
풀리지 않는 내 사랑의 길도
닮아 있다

너무나 늦고 어려운
내 오랜 사랑의 여정
그 결말이 언제 끝날지
알 수가 없다

나를 방해하는 세력이
아직도 존재하는지 알 수가 없지만
있다면 제발 멈추어달라고
호소하고 싶다

차례

제2부 좋은 그림

제3부 사진보고 결혼

제1부

어둠 속의 전진

열정의 길

꿈을 향해
뜨거운 마음을 가슴에 품고
열정의 꽃을 피우리라

하나의 길
후회 없는 길

뜨거운 열정 그 자체로
가치 있는 삶의 과정이 될 수 있으므로
열정을 실천하는 길을 가리라

어둠 속의 전진

어슴푸레한 주위의 어둠을 느끼며
오늘도 한 걸음 전진한다

나는 유명인들의 틈바구니에서
어둠 속에서 웅크리고 살아가는
경계인이며 이방인이다
유력한 대상이면서도
홀로 습지를 떠도는
외로운 동물과 같다

인간 세상에서 대단한 일도
어쩌면 대수롭지 않은 하나의 현상으로
치부될 수가 있을진대
나의 독특한 이 상황과 함께하여
다가올 미래가 있다 하여도
대수롭지 않은 일이리라

머지않아 밝은 미래가 펼쳐진다 하여도
오히려 어둠 속에서 걸어가는 오늘을
그리워할지도 모른다

어둠 속에서 전진하는 오늘을 즐기리라
창조의 어려움과 기쁨을 즐기리라

잊혀지지 않는 기억

어린 시절의 체험
잊혀지지 않는 그 시절
기억의 장면이
지금도 때때로 클로즈업되는 경우가
종종 있다

가을 추수가 끝난 들판
높게 쌓인 짚더미 속에서
깊어가는 밤에
시간 가는 줄 모르고
밤하늘의 별을 보며
신비로운 배경과 함께
인간사의 상황에 대해 생각하고
마음을 빼앗겨
홀로 도취의 시간을 보낸
너무나 아름답고 설레었던
오래된 기억이 있다

그러한 체험들이 나에게 영향을 주었고
그 결과로
다른 사람들이 욕심을 부리는 행위에는
연연하지 않고
나의 관심이 있는 곳에만
애착을 보이는
고독한 인간이 되었다

선운사

선운사에 대한 시가 있어
가고 싶은 마음이 있었는데

친구가 갑자기 사망하여
추모의 마음을 가슴에 품은 채
선운사를 찾아왔다

선운사에 들러
친구의 명복을 빌고 돌아오는 길에
석조로 된 다리를 보니
언젠가 여기에 왔었다는 것을
알게 되었다

선운사와 주변의 아름다운 숲과 연못
지저귀는 새소리도 기억에 남지만
무엇보다도 내 마음 한 켠을 차지하는 것은
길가에 있는 무명시인들의 비석이다

비석에 무명시인들의 성명이
빽빽이 박혀 있다

자신도 그들과 같은 사람이겠지만
그렇게라도 해서
잊혀져가는 것을 거부하고

기억 속에 존재하기를 희망하는
그 마음이 어쨌든 애처로울 뿐이다

시인의 토대

시인의 길에 있어서
가르침을 받을 요소들은
무한정에 가까울 정도로
지천에 늘려 있고
어떤 면에서는
잘 알 수가 없다

시인의 길에 있어서
어떤 면에 정진해야 할지
알기가 어렵고
학습과 연구
그 노력만으로는
잘 안되는 것이
사실이다

시인의 길에 있어서
직접적이지 않은 내면의 탐닉 등
간접적인 요인으로 인해
발전적인 면모로
작용하기도 한다

가난하지 않은
시인의 길을 갈 수 있다면
그것이 최고의 길이리라

심취

일생을 관통하여
심취할 수 있는 일이 있다는 것은
행복한 일이다
그것이 직업이라면 더욱 좋고
취미생활이라 하여도
상관이 없다

시인으로서
마음의 소리와 함께하고
일상에 시심을 가지고 살아온 과정이
행복과 불행을 더욱 도드라지게 하였고
아쉬운 점도 있기는 하였지만
길게 돌아보면
오랜 심취의 과정이며
좋은 시인의 길이었다

그것이
확연하게 불행한 일이 아니라면
심취할 수 있는 좋은 일을 찾고
그리하여 스스로 즐겨라

마지막 꿈

내 인생에 있어서
마지막 꿈을 이루기 위해서는
노력하는 그 과정을 거쳐
오래 살아야만 한다

석양 무렵 같은 시절을 만나
선인장 꽃 같은 마지막 정열을 꽃피우고
오래 살아야만 한다

마지막 꿈으로 가는
그 과정에서
최선을 다하였다면
이루지 못하고 죽는다고 해도
그 여한이 없으리라

꽃을 피워라

꽃을 피워라
시의 꽃을 피워라

아름다운 시는
꽃보다 생명력이 길다

자신만의 체험과 사연을
꽃의 덤불처럼 만들고
드러내어 펼쳐라

마음속에 풀지 못한 한이 있다면
가슴에 축적하였다가
간헐천의 뜨거운 물줄기처럼
시를 뿜어내어라

그리하여 아름다운 꽃으로
대중들의 가슴속에 피어나서
영향을 주고
영원히 간직되고 기억되어라

좋은 시를 쓰기 위한 조건

좋은 시를 쓰기 위해서는
중요한 주제가 되는 그 윤곽 안에
자신의 몸과 마음이 스며들어
자유롭게 헤쳐 다니며
그 주제의 스토리가
글 속에 묻어나오게 해야 한다

그리하여
가장 적절한 줄기의 언어를
추출하여 배열하고
비유의 비법을 첨가하여
완성해야 한다

나의 시는
다양한 주제에 몸과 마음을 내어주지 못해
아직 부족한 점이 많다

시인의 길

문인의 길에 있어서
완벽한 설계도에 의해
작품이 만들어지지 않는다
큰 줄기의 흐름에 의해서
다양한 행위의 결과가
에피소드를 형성하고
꽃이 피는 나무의 줄기처럼
그 형태가 드러난다

때로는 불필요할 것 같은 것에
스스로 도취하는 습성이
중요한 자양분이 되기도 한다

타인의 작품은 보는 것은
나의 시각을 넓혀 준다

오늘도 끝없는 나의 길
시인의 길을 간다

오늘 노력하리라

머언 미래에
나의 흔적이 희미해지거나
잊혀진다고 하여도

오늘 나의 흔적을 남기기 위해
노력을 하리라

머언 미래에
내 업적과 내 행위의 결과가
오늘의 만족 같지도 않고
퇴색해진다고 하여도
오늘 빛나는 길로 가리라
오늘 노력을 하리라

우둔한 사람들

나의 첫 시집을 출간한 후
얼마 지나지 않아
어떤 시인이 노벨상 후보로
물망에 올랐는데

그때 이미 나 때문에 그런 것이라는 것을
자신은 알고 있었는데
우둔한 수많은
추종자가 있었다

수많은 사람이 성원을 하였고
문학에 직접 관여하는 사람들도
그를 위하여 많은 도움을 주었다

매년 노벨상 시즌에는
기자들이 그의 주택 주변에서
밤을 새며 수상을 기다렸고
언론과 방송은 대대적으로 보도했다

유력한 정치인인 수원시장도
그를 위하여
대저택을 제공하며
극빈한 대접을 하며
수원으로 모셔왔고

세계적인 건축설계자를 모셔와
그를 위하여 대문학관을 설계하려 했으나
반대에 부딪혔다

우둔한 수많은 기자들과
우둔한 수많은 문학인과 관련자들

이제 와서 유명한 그를
질투하거나 시기하는 것이 아니라
내가 진정으로 유력한 시인인데
너무나 어려움에 처한 나에게
도와줄 길이 많은데도
아무도 관심을 가지지 않아
오랜 세월 동안 어둠 속에서
글을 쓰지 못했다는 점이다

시에 대한 마라토너

시에 대한 나의 길은
마라토너와 같다

처음부터 종합적인 계획도 없어
느리고 막연하게
강렬한 영감이 있을 때만 시를 써
페이스 조절에 실패하고

때로는 생활고 때문에
넘어져서 시간을 허비하기도 했지만

이제라도 마음을 가다듬어
남은 구간을 전력 질주해서
완주의 명예를 이루고
시의 금자탑을 쌓고 싶다

생의 이면

너무 많은 것을 알고
깊게 느낀다는 것은 슬픈 것이다

단순하게 목표를 가지고 정진하며
때로는 만족해야 하는데
그 이면을 속 깊이 느낀다는 것은
슬픈 것이다
인생에 장애가 될 뿐이며
허무의 바다에 빠질 수도 있다

은행나무

폭우가 도시를 휩쓸고 지난 어느 날
휴일을 맞아
용문사를 찾아 왔다

삼십 년 전에 이곳에 왔었는데
전철이 개통되어
전철을 타고
버스를 타고 왔다

계곡을 타고 흐르는
맑고 힘찬 물의 소리를 들으며
용문사에 도착하니
용문사의 상징인 은행나무가
푸르고 건재하다

은행나무를 보며
생각에 잠겼다
은행나무처럼 오래 살지 못하더라도
대중들의 기억 속에 오래 살리라

설사 그것이
환상이 될지 모른다 하더라도
꿈으로 간직하며 노력하리라

공감

아름다운 정경 아래
바람이 불어와
가슴이 아픈 느낌을
이 세상 누군가는 공감한다

사람들은 저마다 간직한
사연들이 다르고
직면한 심리상태도 달라

아름다운 정경 아래에서
바람이 불어와
가슴이 아픈 느낌을
이 세상 누군가는 공감한다

제2부

좋은 그림

좋은 그림

이야기가 있는 그림
좋은 의미의 그림
갈등과 고뇌를 거쳐
좋은 구도의 그림
사랑과 이상이 결집된 그림
정서가 숨 쉬는 그림
사상이 표출된 그림

그림
그 다양한 주제의 전개에
보물 같은 가치를 느끼게 한다

그대와 나의 관계에 있어서도
마찬가지다
사업적인 측면에서도
현실적인 측면에서
좋은 구도의 그림을 구상하고
이를 표출하여야 한다

망월사

추석을 맞이하여
도봉산에 자리 잡은 절
망월사에 왔다

계곡에 있는 바위들을 바라보면서
청량한 물소리를 들으며 걸어
망월사에 왔다

달을 바라보는 절
그 명칭은
밝은 보름달을 닮은
아름답고 어린 그녀를 바라보는
내 마음을 닮았다

한 번도 만난 적 없는 우리들은
인터넷으로
여름에 서로 소통을 시작하여
가을이 다가올 때까지
마음의 윤곽을 정하지 못한 듯하다

나이가 많은 우리의 상황에
여러 가지 갈등이 있겠지만
부처님의 가르침을 받아
문제들을 헤쳐나가고 싶다

뼈

인간의 삶에 있어서
뼈는 중요하다

여러 분야에서
뼈에 해당하는 기본 골격이 튼튼해야
건강한 인생을 살 수가 있다

현대 의료기기 중에는
제각기 다양한 분야에서
인체의 주요 뼈의 요소에 해당하는
어떤 부분을 촬영하는
장비들이 있다

다양한 직업 세계에서도
뼈에 해당하는 기본적인 능력을
갖추어야 한다

그림에 있어서도
뼈대의 의미인
어떤 골격을 그리기 좋아하는
화가도 있다

드러나다

태풍이 오면
바람과 비에 취약한 것들이
드러난다

시인이 시를 쓰면
자신의 마음이 드러난다

사랑을 하면
다가오고 다가가는
그 과정의 심리가
드러난다

인간이 죽으면
그의 사후평가가
드러난다

우리 삶의 여정에 있어서
끊임없이
무언가가 드러나는
그 과정의 연속이다

코로나와 전쟁

몇 년 동안 코로나의 기세가
안개처럼 가득한 가운데
전쟁의 포성이 온통 자욱하다

코로나도 전쟁도 희생자가 많고
우리들에게 상당한 영향을 준다

코로나는 원인제공인자가 명확하지 않지만
전쟁은 발발책임자가 명확하다

정치적인 이유로 전쟁을 발현시키는
그 책임자도
전쟁으로 희생된 많은 사람들처럼
막대한 피해를 입을 가능성이 많다면
전쟁이 확연히 줄어들 것이다

자폐 스펙트럼

코로나가 창궐한
이 난국에서
어쩌다 보니 친구 한 명 없는
고독한 신세가 되었네요

이리저리 생각해보아도
주변머리 없는
나의 성향 탓이다

나이는 들었지만
안으로 안으로 침잠하는
사색적인 심성 탓이다

조금만 못마땅하여도
타인을 배척하고
관심이 있는 곳에만
애착을 보이는
자폐 스펙트럼이다

고래 이미지는
나의 현상과 닮아있다

꿈의 계시

인생을 살다 보면
평소에 고민하던 것이
꿈속에 나타나

비봉사몽 간에
사고를 거듭하여
해결책을 제시해주기도 하고
특정한 것으로 지목하기도 한다

그것이
꿈의 계시이다

그대와 나의
난해한 상황에 처한 현실에서
잠자리에서 뒤척이다가

꿈속에서 깨어나
어렴풋하게 해결책을 깨닫게 되었네요

고귀한 도자기의 꿈

원래의 쓸모있는 모습으로
잘 쓰이지 않아도
좋습니다
다만
아름답고 귀중한 존재가 되기를
바랄 뿐입니다

잘 보이지 않는
은밀한 곳에
오랫동안 보관한다 하더라도
좋습니다

이가 빠지고 금이 가도록
소홀하게 하지 않는
대단히 가치 있는 존재이기를
바랄 뿐입니다

난해한 상황

해결하지 못한 일들이
오랜 세월을 거쳐 지나와
마지막 지점에 다다른 것 같네요

다양한 면의 관점에서 볼 때
일을 실현하는 현재의 상황에 있어
나이가 너무 많아
명쾌하고 좋은 해결책이 없는
난해한 상황에 이르른 것 같아요

어떤 길을 가든지
바람직하고 좋은 길이라고
말하기는 어려운 측면이 있고
어떤 길을 가든지
소정의 성과는 있다
그럴진대
마음을 내려놓는 것도
생각해 볼 필요가 있다

사라져가는 것을 관조함

나이가 점점 들어갈수록
성적인 능력이 점점 쇠퇴하고
수태 기능이 사라져가는 것을
관조함

얼굴에 잔주름이 깊어져 가고
머리에 흰머리가 늘어나고
죽음으로 가는 길 점점 가까워져
생존능력이 점점 사라져가는 것을
관조함

신호

때때로 가슴이 두근거리고
아프고
손가락 발가락이 뒤틀리고
저리다

그때가 언제인지는 알 수 없지만
하늘이 부르면 가야 한다는
예고 신호이리라

흉터

나의 양쪽 팔목에
흉터가 있다

궁리와 방황만 있고
실천이 없던 젊은 시절

그렇게 대단하지도 않은 의미의
영문 이니셜을 양쪽 팔목에
심각하게 문신으로 새겨 넣었다

타투가 성행하지 않던 그 시절
세월이 흘러가는 동안
수많은 사람의 시선이 부담스러워
문신 제거 수술을 결행하였지만
아직도 그 흔적이 남아있다

생각이 많고
나름대로 심각하게 받아들였던
그 시절의 혼란했던 심경
그 흔적이 흉터로 남아있다

징검돌

이것저것 잘 되지 않는 곳
불행한 곳
나쁜 추억만 있는 곳에
갇혀 있나요

그렇다면 다른 세계로 나아갈 수 있는
징검돌이 되어줄게요

맺어지지도 않고
끊어지지도 않는
그런 사랑을 하고 있나요
그렇다면 다른 사랑으로 나아갈 수 있는
징검돌이 되어줄게요
현재를 떠나야 다음 세계로
나아갈 수 있습니다

흐르는 물을 건너가세요

나를 통과의례로 삼아
밟고 건너가세요
보다 나은 세계로 나아가세요

엄지발톱

나의 왼쪽 엄지발톱은
찌그러져 부풀어 올라있고
아랫부분도 일그러진 흉터가 있다

무거운 철망에 깔려
소년기에 다쳤는데
수많은 세월이 흘렀는데도
흉측한 형태로 있다

인간의 마음도 마찬가지다
어릴 때의 깊은 마음의 상처가
일생 동안 영향을 미친다

사계

춥고 긴 한겨울이 지나고
새롭게 자라나는 것이 많은
꽃피는 봄을 싫어하는 사람은
많지 않으리라

여름은 덥지만
휴가를 여름에 많이 가는 것처럼
특별하고 좋은 계절이다

가을은
어디론가 떠나 참된 인생의
의미를 돌아보고 싶은
고뇌와 우수의 계절이다

겨울은
가난한 사람에게는 힘들지만
추위 속에서 아름다움을 느낄 수 있는
독특한 체험과 취미를 즐길 수 있는
짜릿한 계절이다

이미테이션 가수

치열한 삶의 경쟁 속에서
가수로서의 생존을 위해
자신으로서의 성공을 버리고
기꺼이 이미테이션 가수의 길을 가는
인간이 있다

자신의 독특한 개성을 구축하고
대중에게 환호를 받는
성공을 이루지는 못하였으나
무대에서 노래하는 것을 즐기는
꿈은 이루었다

그리하여
자신을 잃어버리고
상대방을 닮아가는 것에서
자신의 사랑을 더욱 느끼게 되는 것은
아이러니다

육아의 체험

결혼의 경험이 없어
자식이 없는 나에게
육아를 체험할 기회가 생겼어요

연년생을 낳은 지인의 아기를
키우기가 힘들어
여자친구와 함께
육아를 해주기로 했어요

천진한 샛별
미래의 희망
어디를 봐도 귀엽고 사랑스러워
육아의 기간은 행복한 나날이었어요

집에서의 육아기간을 지나
아가들과 함께 다닌 수많은 곳에
아름다운 추억이 있다

아가들이 이토록 순수하고
어여쁘지 않다면
인류의 번영이 어려웠을 것이다

이상기후

이른 가을장마
중부지방에 걸친 정체전선
백 년 만에 내린 폭우로
수도권이 온통 물바다로 변했다

낮은 지역에서 살고 있는 나에게
침수 피해가 닥쳐왔다
배수관이 역류되어
방안까지 물이 밀려왔다

이상기후의 결과이다
이상기후로
지구가 몸살을 앓고 있다
폭염과 가뭄의 질긴 고갈
인류의 기근 위기
잦은 홍수로 인한 재앙의 위기

이상기후로 인한 피해는
국가의 문제뿐만이 아니라
우리 개개인의 눈 앞에 펼쳐진
심각한 현실이다

운길산 수종사

운길산역이 있어
운길산이라는 이름에 마음이 꽂혀
달려갔다

구름이 아름다운 산
운길산역에 도착하니
길은 잘 모르겠고
장어 요리집만 지천에 널려있다

표지판을 찾아서 헤매다가
수종사 현수막을 발견하여
길을 따라 올라갔다

콘크리트 포장도로를 따라가는
길의 아래에는
밀림처럼 숲이 우거지고
팔각정에 도착하여
잠시 쉬어갔다

유서 깊은 수종사
수종사에 도착하니
안개가 자욱하고
비가 내린다

운길산의 팔부능선쯤에 자리를 잡은
수종사는 높고 고즈넉하다

수종사에서 오랫동안 서성이고
분위기에 흠뻑 빠져 시간을 보내다가
제단에 촛불을 밝혀
기도하였다

나에게 다가오는 그녀와 자신을 위하여
축원을 하였다

강남스타일

강남스타일
오빠는 강남스타일
전 세계가 들썩거린 노래

말처럼 달려가는 나의 성공을 상징하는 노래
나를 대변하는 가수가 선정되어
나의 노래가 불리어졌다

히트한 노래처럼
성공하지는 못했지만
그 노래를 듣는 순간만큼은
마음도 들뜨고
성공한 것처럼 즐거웠었다

많은 세월이 지난 지금
강남스타일이 되기 위해
성공의 문을 향해
발길을 내딛는다

제3부

사진보고 결혼

독신으로 가는 길

나의 연령이면
대부분의 사람들이 결혼을 포기하는데
내가 갖고 있는 독특한 상황 때문에
젊은 여자와 결혼하여
자녀를 가질 생각을 하고 있다

많은 생각을 하며
결혼을 해야 하나 갈등하고 있는데
가을을 맞아
차가운 바람이 가슴을 파고드는데
갑자기 이 모든 상황이
어색하게 느껴졌다

어색한 이 느낌처럼
어쩌면
이 모든 과정이
독신으로 가는 길
그 과정의 일부인지도 모른다

사진보고 결혼

하와이 이민 초기에
사탕수수밭 노동자로 간 한국인들이
결혼을 위해
한국의 신붓감을 초청했는데
사진만 보고
여인들이 하와이로 왔다고 한다

도착한 여인들이
돌아가기도 어려워
거의 전부가 결혼했는데

부정확한 사진만 보고 결혼하자니
실망하는 것은 다반사이고
오래된 사진을 보고 결혼하니
서른 살이나 연령 차이가 나는 커플도
결혼했다고 한다

현대사회의 자유로운 연애와 비교할 때
이해하기 어려운 측면이 있겠지만

우리들의 마음속에는
저처럼 유연한
수용성이 있다는 것을
잊어서는 안 될 것이다

주인공

오랜 세월을 거쳐
많은 우여곡절을 겪으며
위기의 시간들을 지나
오늘까지 이어져 온
나의 사업체

나 자신이 구축한 성에서
서로 인연을 맺은
젊은 그대가
진정한 주인공이에요

나를 계승하여
더욱 발전시켜나갈
그대가
진정한 주인공이에요

그대와의 만남

그대를 만나기 전에
너무나도 오랜 세월을
어려운 길을 걸어왔기에

그대가 다가왔을 때에
현실감이 없게 느껴져
꿈같은 생각이 들었어요

그대와 인터넷으로 의사소통을 하여
유명한 장군의 동상 근처에서
기다렸습니다

수차례의 기다림과
우여곡절을 거쳐
운명의 만남이 이루어졌어요

그대에게

그대에게 다가가기 전에
상처 입은 여인들에게 다가갔지만
세월만 많이 흘러가고
다양한 문제들이 발생하여
인연이 이루어지는 것이
불가능했어요

그대는 공인으로서
별이 되어
지고지순한 자태로
외로운 길을 걸어왔네요

나 자신은
그대에 비하여
부족한 점이 있지만
열린 마음으로 바라본다면
분명히 매력적인 부분도
일부분 있는 것이 사실입니다

그럴진대
사업에서도
사랑의 측면에서도
다양하고 자유로운 선택지를
그대에게 줄게요

내게로 오세요

마음속의 사랑

마음속의 사랑은
현실로 접촉하는 진한 사랑을
빼앗아 갔습니다

십 년간에 걸친 그대와의 사랑
마음속에 그대가 있었기에
현실적인 사랑이 어려웠어요

상상 속의 우리의 오랜 사랑이
이별로 끝나는 것이
너무나 안타까워요

그대와의 이별

그대와 나의 추억이
이 세상 곳곳에 그 흔적이 배어있는데
그대와의 사랑을 이어가려는
나의 노력이 곳곳에 점철되어 있는데

거친 숨결을 죽이는 운명처럼
이별의 순간이 다가오네요

애써 힘들게 이별을 막아보려는
나의 몸짓도
이렇게 무위로 끝나는 것인가요

이별의 마지막 잔을 나눌 수 있는
기회도 없이
인사도 없이
이렇게 이별인가요

자유로운 영역

내가 알 수 없는 사랑의 수렁 속에
빠져 있는 동안에
예민한 그대는
조금도 흐트러짐 없이
한 번의 스캔들도 없이
고고하게 살아왔네요

그대는 불행한 가족사를 겪으며
조용한 풍경의 길을
말없이 걸어왔네요

이제는 눈치 볼 필요가 없는
자유로운 영역으로 다가오세요
자유롭고 풍요로운
나의 영역으로 다가오세요

사랑이 아니어도 좋습니다

나의 님이 떠나간 후에
다가온 장마전선과 함께
그대의 환영이 밀물처럼 다가왔어요

그대는 내가 알 수 있는 언어로
나에게 남모르게 손짓했지만
그동안 세월이 많이 흘러갔습니다

어린 그대이기에
사랑이 아니어도 좋습니다

나에게는 그대가 절실히 필요하고
대신해 줄 사람이 없습니다
나의 세계로 다가와 주기를 원합니다

만남

만남 없는 상상 속의 오랜 세월
내 사랑에 있어서
가장 중요한 것은 만남입니다

그대가 나에게 다가오기 앞서
선입견과 책임감을
조금도 갖지 마세요

그대를 만남에 있어서
여러 갈래의 모든 길을 상정하여
가능성을 열어놓겠습니다

높고 고고한 인생길에서
속세의 세계로
내려오세요

그대에게 모든 자유를 드릴게요

현명한 여자

그대는 마음속에
깊은 샘물을 가진 여자

높은 마음의 세계를 동경하며
가치를 인정하는 여자
아름답고 깊은 예술을 흠모하며
스스로 그것을 추구하는 여자

자신감이 없는 나에게
용기를 심어주는 여자
최고의 여자이며
현명한 여자

어려운 사랑

드라마와 노래
또는 다양한 표현 방식으로
수많은 미인들이 나에게 손짓했지만
대부분 한 번도 만나지도 못하고
기웃거리다가 작별을 고했네요

때로는 거리감 때문에
더러는 너무 잘나간다는 이유 때문에
다가가지 못했어요

일반적인 사랑은
쉽게 다가가고 만나서
사귀다가 헤어지기도 하며
만남도 이별도
자연스럽고 자유스러운 경우가 많은데

한번 만난다는 것이
별을 따기만큼 어려우니
사랑 참 어렵네요

그녀와의 이별

슬픈 사랑의 구도 속에서
피할 수 없는 운명의 굴레에 갇혀
오랜 세월에 걸쳐
고운 얼굴 한번 보지 못하고
목소리 한번 듣지 못하고
손 한번 잡지 못하고
이별을 하게 되었네요

기다림의 숙명

석가탄신일을 맞이하여
조계사를 찾아갔다

잔뜩 찌푸린 날씨처럼
내 마음도 흐리다

개개인의 마음이 담긴
연등도 아름답지만
녹색 잎들과 어울리는
나무에 매달린 연등이
이채롭기만 하다

나름대로 소망하는 마음을 품고 나온
수많은 인파에 섞여
나의 소원을 빌어본다

내 인생의 한 획이 휩쓸린
기다림의 숙명
그 기다림을 끝내고
사랑하는 그녀를
빨리 만나게 해달라고
간절히 기도한다

이별

그대가 떠나갔다는 것은
이별의 결심이라는 영화를 보고
알았습니다
우리가 겪었던 많은 사연
오랜 기다림의 결과가
결국 이별인가요

그 오랜 기간의 겨울이 가고
봄이 왔는데 이렇게 이별인가요
만남도 없이
이별의 말도 한마디 없이
이렇게 이별인가요

어쩔 수 없는 상황에 이르러
그대가 떠나가지만
이별을 받아들이는 것은
너무나 힘이 듭니다

그대와 나의 갈등

그대와 나의 나이가 너무 많아
임신을 원하는
그대의 마음이
숨결처럼 느껴져요

한계처럼 느껴지는 나이가
거부할 수 없는 압박처럼 다가오는데
올가미에 제대로 걸려
움직일 수도 없는 운명에 바둥거리다가
이별을 결심하려는 그대의 마음이
거친 숨결처럼 느껴졌어요

기구한 운명의 그대와 나
어디로 가든지
그대와 나에게 신의 은총이 있기를 바랍니다

그대여 행복하세요

그대여 행복하세요
그대여 나에게서 떠나가더라도
부디 행복하세요

나와 기구한 운명의 틀에 휩싸여
바둥거린 그 오랜 세월이
안타깝기만합니다

거부할 수 없는 세월
기회를 가질 수 없는
그 세월의 압박감 때문에
그대는 떠나가지만
그대와 함께 휩싸인
오랜 세월의 사랑 여정
되돌아보니 가슴이 아려 오네요

그대와 함께한 세월

그대와 함께한 세월이
불행하기만 하고
아무런 의미가 없는 것은 아닙니다

나의 잘못이 있어
그대가 희생만 하고
사랑이 이루어지지 못한 것은 안타깝지만
오랜 세월의 사연이 있고
그에 대한 나의 노래가 있어
한편으로는
불행 중의 다행입니다

나와의 인연의 길이 엇갈려
서로 헤어지게 되었지만
그 추억을 소중하게
오랫동안 간직하려 합니다

사랑이 불가능합니다

사랑이 불가능합니다
그대의 입장도 충분히 이해가 되지만
사랑은 불가능합니다

어제까지도 사랑스럽고 동경하던 그대였는데
나에게 올가미를 걸어
내 사랑의 길을 막고
내 인생의 길을 막는 원수로 각인되어
도저히 사랑이 불가능합니다

재벌인 그대가 무엇이 부족하여
나에게 이토록 원망을 받으며
결국은 멀어져 갈 것인가요

로미오와 줄리엣은
십대이니까 사랑이 가능했겠지만
우리의 사랑은 불가능합니다

유유상종

자신이 야한 것을 좋아하는 것은
그렇게 살아왔기 때문이어요

자신이 순결한 여성보다는
과거 있는 여자를 좋아하는 것은
본인도 때가 묻었고
그러한 대상이 더 어울리고
공감이 가기 때문이어요

패션이나 예술에만
어울리는 구도와 세계가
있는 것이 아니어요

사람의 마음속에도
그 대상에 따라
섬세하게 작용하는 심리가 있어요

그대는
형언할 수 없는
큰 상처를 입었지만
그것 또한 함께하며
받아들일 수 있는
그런 대상이 존재한답니다

그대는 오랜 기간
내 곁에 머물렀어요

서로를 이해하며 함께 할 수 있는
그러한 대상인
나에게로 오세요

사랑의 다양성

이혼을 하기 위해서
결혼을 하는 사람도 있다
사랑을 하기 위해서
이혼을 하는 사람도 있다

한집에 살아도
남과 같이 사는 부부도 있고
멀리 떨어져 살아도
잘 보이지 않는 그림자 아래에서
사는 사람도 있다

인류의 역사에 있어서
사랑의 양태가 다양하였듯이
현대 생활에 있어서도
사랑의 방식에
다양한 모습이 있다

우리 사랑의 상황이
일반적이지 않은 측면이 있기에
우리만의 독특한 사랑을 이루고
미래로 나아가요

담쟁이의 사랑

담쟁이의 저 몸짓이 사랑이라면
실패가 없는
완벽한 사랑의 몸짓이리라

어둠 속의 전진

초판 1쇄   2022년 10월 21일

지은이 서청영원
발행인 김재홍
교정/교열 김혜린
마케팅 이연실
디자인 현유주

발행처 도서출판지식공감
브랜드 문학공감
등록번호 제2019-000164호
주소 서울특별시 영등포구 경인로82길 3-4 센터플러스 1117호{문래동1가}
전화 02-3141-2700
팩스 02-322-3089
홈페이지 www.bookdaum.com
이메일 jisikwon@naver.com

가격 10,000원
ISBN 979-11-5622-752-6   03810

문학공감은 도서출판 지식공감의 인문교양 단행본 브랜드입니다.